KB212645

지금보다 더 큰 행복을 누려야 할

_____ 님에게

그대 늙어가는 것이 아니라
익어가는 것이다

오평선
지 음

포레스트북스

나이 먹었다고 주저앉아서
대우나 받으려고 하면 늙어 보이는 거야.
이제 우리 나이는 닥치면 닥치는 대로 살아야 해.
끝을 생각하기보다 현재에 최선을 다해야지.

_ 배우 이순재

남은 인생을
어떻게 살아갈 것인가

언제까지나 젊음이 지속될 줄 알았건만 세월은 역시 누구도 피해가는 법이 없다. 가치관을 정립하고 삶의 방향을 결정하려고 부단한 번민을 하던 이십 대를 지나, 복마전 같은 사회에 뛰어들어 가정을 꾸리며 이삼십 년 쉼 없이 달려온 우리 앞에 새로운 숙제가 주어졌다.

주제는 이렇다. 남아 있는 인생을 어떻게 살아갈 것인가. 청춘 시절 고민보다 더 복잡하고 난해하기까지 하다. 그때는 용기와 패기라는 무기라도 있었고, 넘어지면 다시 일어나면 된다는 자신감도 있었다. 하지만 인생의 절반을 지나는 이 시점에는 그마저도 없다. 오히려 어깨에 무거운 짐만 있을 뿐이다. 잘못 뛰다 넘어지면 영영 다시 일어나지 못할 것이라는 두려움 때문에 열정만 믿고 무작정 달리지도 못하겠다.

공자는 나이 오십에 천명(天命), 즉 하늘이 내려준 운명을 알았다고 하는데, 나는 하늘이 내게 무슨 운명을 내린 것인지 도통 모르겠다. 우리 아버지는 세상 모든 것을 다 알고 계실 것이라 믿었다. 그래서 나도 어른이 되면 다 알게 될 거라 믿으며 살아왔는데 심한 착각이었다는 것을 이제야 알겠다. 오히려 나이를 먹을수록 모르는 것이 더 많아지는 것 같다. 당장 현실에서 살아남으려고 악전고투하면서 뒷목을 잡고 살면서, 인생 후반에 대한 밑그림조차 그려보지 않고 달리기만 했던 탓일까.

우리는 험난한 인생 2막을 현명하게 살아가기 위한 공동의 숙제를 받았다. 숙제를 내준 선생님조차 답을 알고 있는지 의문은 들지만 나중에 혼나지 않으려면 이 숙제를 머리를 모아 함께 해결해봐야 한다. 먼저 나의 숙제 노트를 공개한다. 탁월한 글쟁이는 아니지만 미래를 고민하며 나름대로 사색에 빠져 자유롭게 끄적거린 글이다. 감성에 젖어 주관적인 내용이 많지만 아직 숙제를 시작도 안 했거나 숙제를 하다 멈춘 이들에게는 조금이라도 도움이 될 것이라 믿고 이 책을 출간한다. 부족한 글솜씨는 넓은 마음으로 이해해주길 부탁한다. 나 역시 지금도 내가 한 숙제가 정답이라는 확신은 없다. 더 잘한 숙제가 있다면 내게도 노트 좀 빌려줬으면 좋겠다.

오평선

* 2장 *
늙어가는 것이 아니라 익어가는 것이다

✳ 3장 ✳
남을 위해서가 아니라 나를 위해서 살 때다

✳ 4장 ✳
행복은 아끼는 것이 아니라 누리는 것이다

1장

이제는 채울 때가 아니라
비워낼 때다

모서리가
부드러운 나이

모난 바위도 세월이 흐르면
풍파에 깎여 두루뭉술 유연해진다.
이는 사람도 마찬가지다.
세월을 꽤 먹은 나이가 되어서도
여전히 모가 나 있다면
인생을 잘못 살아온 것 아닐까?

'모난 돌이 정 맞는다'라는 말이 있다.
젊을 때야 삶의 경험이 부족하고
좌충우돌 도전하는 시기이니
모가 좀 나 있더라도 괜찮지만
인생 수업을 제법 한 나이가 되었다면
나의 모서리를 점검해야 한다.

아주 좋다거나, 아주 싫다거나
극단적으로 모난 성질은 감춰야 할 때다.
자기 주관을 없애야 한다는 말은 아니다.
타인의 다양한 생각을 받아줄 수 있는
둥글둥글한 유연함과 공감 능력을 갖추면 된다.

과거를 돌아보면 강하게 주장했으나
정답이 아닌 것이 참 많았음을 깨닫는다.
내가 틀릴 수도 있다.
그러므로 아는 길도 물어가는 겸손과
바쁠수록 돌아가는 여유를 갖춰보자.

운무가 낀 눈으로
세상을 보고 있다면

산 정상에 올라 아래를 내려다보는데
운무(雲霧)가 잔뜩 산봉우리를 뒤덮었다.
마치 망망대해를 보는 듯하다.

기대했던 봉우리가 보이지 않아
눈앞이 막막해질지라도
바람의 방향이 바뀌면
운무는 결국 걷히기 마련이다.

포기하지 말고 조급해하지 말고 기다려라.
운무가 낀 눈으로 미래를 속단하지 말고,
운무가 낀 마음으로 과거를 판단하지 마라.
운무가 걷힌 자리에 꿈처럼 드넓은 전망이 펼쳐질 테니.

카스파르 다비트 프리드리히, 「안개 바다 위의 방랑자」

자신이 친 철책을
허물어라

인간은 본디 강한 듯하지만 나약한 존재다.
경쟁에서 살아남기 위해 강한 척하며 사는 것뿐이다.
복어도 적으로부터 자신을 보호하려 몸을 부풀리듯
인간은 자신을 지키기 위해 많은 철책을 치고 산다.

그런데 자신을 지키려고 친 철책이
어느 순간 자신을 가두는 감옥이 되어
끝내 옴짝달싹 못 하는 처지가 되기도 한다.
사냥꾼도 가끔은 짐승을 잡으려고 쳐둔 올무에
자기 발이 걸려 낭패를 본다.

당신은 지금 주변에 어떤 철책을 치고 있는가.
그 철책이 삶의 또다른 가능성을 막고 있지 않은가.
나의 본래 모습을 옭아매고 있지 않은가.

이제 서서히 철책을 허물 나이가 되었다.

그 철책은 남이 허물어줄 수 없다.

그 철책은 오로지 나만 허물 수 있다.

철책을 걷고 마음을 열면 바람이 들어온다.

그 바람을 타고 사람과 자유,

그리고 행복이 방문할 것이다.

나를 맡겨도 좋다.

바닷가의 조약돌을

그토록 둥글고 예쁘게 만든 것은

무쇠로 된 정이 아니라

부드럽게 쓰다듬는 물결이다.

- 법정스님

페데르 세베린 크뢰위에르, 「수영하는 소년」

버려야 할 것,
지켜야 할 것

지금까지 열 손가락을 움켜쥐고
아무것도 놓치지 않으려
안간힘을 쓰며 살아왔다면
이제는 꼭 가져야 할 최소한의 것만 두고
나머지 손가락을 풀어 과감히 놓아 버려라.

다 쥐고 있으려 아등바등하다
정작 중요한 것을 쥐고 있는 손가락에 힘이 빠져
나도 모르는 사이 풀려 버릴 수 있다.
그러니 먼저 놓아 버릴 것은 아낌없이 놓아주고
중요한 것에 힘을 몰아 더 꽉 쥐자.

쉬운 일은 아니다.
그것을 얻기 위해 청춘을 바쳤고,

가족이 원할 때 곁에 있지 못했으며,

개인의 삶과 안락도 포기했는데,

어찌 쉽게 놓을 수 있을까.

하지만 지금이라도 놓아주는 훈련을 하지 않으면

끝내 행복의 맛을 느끼지 못한 채

미련과 아쉬움만으로 나머지 삶을 채우며

살아가야 할지 모른다.

버려야 할 게 무엇이고

지켜야 할 게 무엇인지

이제는 현명하게 정리할 타이밍이다.

이러나저러나
어차피 종착역은 같다

과거에 느꼈을 수많은 희로애락도
지금은 그저 흘러간 추억으로 남았듯
지금의 희로애락도 시간이 지나면
별것 아닌 추억으로 느껴지겠지.

이 순간 절치부심하며 사는 것도
다 지나고 보면 별것 아닌 과거일 뿐이다.
어차피 인간은 서로 다른 지류(支流)를 따라 흘러도
결국에는 한 바다에 모인다.
남의 지류와 비교하며 한탄하거나 뽐내지 마라.
그 물이나 저 물이나 어차피 종착점은 똑같다.

삶은 찰나다.
즐겁게만 살다가 가도 아쉬운 게 인생이다.

그러니 지류에 몸을 맡기고 즐거움을 느끼며 살자.

몸을 맡기면 자연히 몸이 가벼워져 물에 뜬다.

그러면 바닥의 돌부리에

내 몸과 마음을 다치는 일이 없지 않겠나.

가끔씩 현실과
결별하여 쉬어보자

섬으로 여행을 왔다.
하늘과 바다의 색감이 똑같아
어디가 하늘이고 어디가 바다인지 모르겠다.

현실에 치여 심신이 지칠 때면
바다를 경계로 세상과 잠시 결별하고 휴식한다.
때론 아무 생각 없이 현실과 동떨어져 있는 것이
다시 현실 세상에서 살아갈 수 있는 힘이 된다.

세상과 결별하고 섬에 머무니
바람과 파도는 거세도
내 마음은 잔잔하니 좋다.
오늘 하루만이라도
나에게 게으름을 허락하자.

호아킨 소로야, 「수영선수 자베아」

연은 역풍에
가장 높이 난다

살다 보면 악몽이 거듭될 때가 있다.

두 손 다 들고 항복하고 싶은 순간.

벼락이 치고, 폭우가 내리고,

폭풍이 함께 기습하는 것만 같은 순간.

이럴 때면 나는 안달하고 집착하고 괴로워했다.

그러나 지금은 마음을 완전히 비운다.

그리고 지나갈 때까지 그냥 기다린다.

아무리 발버둥 쳐도 해결할 방법이 없다면

더는 괴로워할 이유가 뭐 있겠나.

남들은 평탄한 길만 걷고

나만 굴곡진 길을 걷고 있다는 착각으로

자신을 스스로 괴롭힐 이유도 없다.

때론 그냥 관망하듯 바라보는 것도 필요하다.

때론 그저 내려놓는 것도 필요하다.

내 마음을 뒤흔드는 악천후도 때가 되면

언제 그랬는지 모르게 파란 하늘로 얼굴을 바꾼다.

인생을 지날 때는 평탄한 길도 걷다가

굴곡진 길도 걸어야 하는 법이다.

그러니 너무 힘들어하지 말고 이참에 잠시 쉬었다 가자.

연은 순풍이 아니라 역풍에 가장 높이 난다.

반드시 다시 웃는 날이 올 것이다.

인생에는 안정된 것이 하나도 없음을 기억해라.

그러므로 성공에 들뜨거나

역경에 지나치게 의기소침하지 마라.

- 소크라테스

당신만의
해우소가 있는가

육체의 노폐물을 비우는 일은 빠짐없이 하면서
정신에 쌓인 찌꺼기를 비우는 일에는 소홀하다.
무엇이든 제때 비우지 않으면 탈이 나듯이
정신에 쌓인 노폐물도 제때 비우지 않으면 터지고 만다.

콜레스테롤이 쌓이면 합병증이 생기고
자칫하면 훅 간다는 사실은 잘 알고 있는데
정신에 쌓인 노폐물은
훗날 어떻게 될지 걱정하지 않는다.

곳곳에 있는 공중 해우소처럼
정신의 찌꺼기를 비울 수 있는 해우소도
거리에 더 많으면 좋겠지만 그렇지 않으니
각자 우리만의 해우소를 마련해야 한다.

당신의 해우소는 어디인가?
정신의 찌꺼기를 비워내는
'해우소'가 마련되어 있는가?

나는 오늘 나만의 해우소인 카페에서
커피 한잔 마시며 차마 버리지 못한 것들을
미련 없이 말끔히 비운다.

나이 들수록
둔감해져야 한다

둔감력이라는 말이 있다.

나쁜 일은 바로 잊어버리는 힘,

설교는 한 귀로 흘려버리는 힘,

언제 어디서라도 잘 자는 힘.

이런 능력이 바로 둔감력이다.

복잡한 세상은 민감하게 반응할수록

살아가기 더 힘들다.

세월을 먹어도 여전히 날 선 채로 살아간다면

스스로 괴로울 뿐만 아니라

주변 사람들도 조용히 떠나가 버릴 것이다.

허허, 괜찮아유 시골 양반처럼 구는 것이

어찌 보면 현명하게 살아가는 지혜다.

알베르트 앵커, 「건초 속의 잠자는 소년」

기대치를 낮추면
만족은 저절로 온다

『증일아함경』에서 부처님은 이렇게 말씀하셨다.

"욕심(慾心)은 더럽기가 똥 덩어리 같고,

독사와 같아 은혜를 모르며,

햇볕에 녹는 눈처럼 허망하다.

또한 욕심은 예리한 칼날에 바른 꿀과 같고,

쓰레기 더미에 아름다운 꽃이 피듯

겉으로는 그럴듯하게 보이지만

그 허망함이 물거품과 다를 바가 없다."

젊은 시절은 모든 면에서 기대가 컸다.

직장에서는 잘나가고 싶었고

가정에서도 잘 해내고 싶었고

인간관계도 잘 챙기고 싶었다.

그런데 세월이 흐를수록

큰 기대는 버거움으로 느껴졌다.

직장에서는 영향력을 잃지 않으려 안간힘을 썼다.

가정에서는 아이를 위한다는 마음으로

내 생각을 강요하고 다그치게 되었다.

인생 절반을 지나 보니

버리는 훈련이 필요하다는 걸 느낀다.

그렇다고 직책이나 권한을

일부러 버리라는 것은 아니다.

그로 인해 무거워진 어깨의 힘을 서서히 빼라는 것이다.

무거운 채로 퇴직을 하면 몹시 힘들어할 것이고,

새로운 일을 할 때 성공 가능성도 낮아질 것이다.

아이들에 대한 기대도 비우는 것이 속 편하다.
어차피 내 마음대로 되지 않을뿐더러
아이도 성인이 되어 자신의 삶을 살아가고 있으니
스스로 알아서 살아가게 놔두어야 한다.

소득의 기대치도 이제 낮춰라.
적게 벌면 적게 쓰면 되는 일이다.
다 적응하며 살게 된다.
기대를 낮추면 잃을 것보다 얻을 것이 더 많아진다.

비우지 않아야 할 것은 단 하나,
삶에 대한 열정뿐이다.

에드워드 헨리 포타스트, 「해변에서」

비움을 잘하는 삶이
잘 사는 삶이다

해마다 농사가 끝나면 봄이 올 동안
땅이 숨을 돌릴 수 있도록 밭을 비워야 한다.
그래야 나중에 땅의 조건도 회복되어
또 수많은 작물을 풍성하게 채울 수 있기 때문이다.

땅도 이렇게 주기적으로 숨 돌릴 틈을 줘야 할진대
나는 가득 찬 머릿속을 비우지 못하고 살아왔다.
이십칠 년 동안 직장을 다니며
머리 비울 틈 없이 치열하게 살았다.

그때는 그렇게 사는 게 최선인 줄 알았다.
남아 있는 삶은 다르게 살고 싶어
오랜 회사 생활을 청산했고
지금은 새로운 마음으로 새로운 일을 하고 있다.

열정은 여전하지만 한 가지 다른 점은
일과 여유의 균형을 잡고 산다는 것이다.

나는 일이 없을 때면 텃밭을 찾는다.
텃밭에 오면 머리가 비워진다.
텃밭은 내게 적절히 잘 비우고
다시 고르게 채워가는 법을 알려주었다.

행복의 문은 한쪽이 닫히면 다른 쪽이 열리는 법이다.
그러나 흔히 우리는 닫힌 문만 오랫동안 보기 때문에
우리를 위해 열려 있는 다른 문을 보지 못한다.

- 헬렌 켈러

카스파르 다비트 프리드리히, 「산속의 아침」

그때의 나는 어떻게
기억될 것인가

상대가 나를 부르는 호칭은
내가 헷갈릴 정도로 다양하다.
본부장, 국장, 부장, 작가, 강사, 선생 등등.
흔히 퇴직한 사람의 호칭은
마지막으로 불리던 직급이나 직책이 된다.

퇴직할 때 부장이면 쭉 부장으로 불리고
실장이면 평생 실장으로 불린다.
하지만 이미 역할도 권한도 사라진 그 호칭에
무슨 의미가 남아 있겠는가.

그러니 내가 어떤 호칭으로 불렸는지보다
내가 어떤 사람으로 기억될지 더 중시해야 한다.

직책이나 직급은 권력이 아니다.
어차피 일시적으로 주어진 역할일 뿐이다.
그러니 퇴직 후 그 호칭을 잃었다고 해서
이빨 빠진 호랑이가 되었다는
허탈감에 빠질 필요 없다.

나는 지금 당신에게 어떤 사람인가?
그때의 나는 어떻게 기억될 것인가?

수시로 이 질문을 떠올리는 것이
직책이나 직급에 집착하는 것보다
내 존재를 더욱 공고히 할 것이다.

풍요롭지 않아도
모자랄 것도 없는 삶

콩 한 쪽도 나눠 먹던 시절을 지나
콩 한 자루가 있어도 빼앗길까 봐
두려워하는 시절이 왔다.

현대는 과거보다
물질적으로는 매우 풍요로워졌지만
정신적으로는 점점 고갈되고 있다.
마치 정신의 풍요가 담겨 있는 우물의 물을
물질의 풍요를 담는 우물로 퍼 옮긴 듯하다.

풍요롭지는 않아도 모자랄 것 없는 삶,
나는 그런 삶을 살고 싶다.
쉽지 않은 바람 같지만
내 눈높이만 바꾸면 가능한 일이다.

앙리 비바, 「강」

후회를
지혜롭게 이용하라

인간은 예측할 수 없는 삶을 살아간다.

그래서 신년이 되면 운세를 보고 점도 친다.

맞지 않는다는 것을 알면서도 말이다.

우리는 갈림길에서

한 가지 길을 선택하고 나면 늘 생각한다.

만약 다른 길을 선택했으면 인생이 어떻게 바뀌었을까?

선택하지 않은 길에 대한 미련을 버리지 못한다.

인생의 수많은 선택은 삶을 다르게 수놓는다.

때로는 탁월한 선택이었다며

지금의 모습에 쾌재를 부르고

때로는 섣부른 선택을 후회하며

가슴을 치는 경우도 있다.

지난 일에 지나치게 연연해

자신의 발목을 잡는다는 것은

자신을 깊은 늪으로 밀어 넣는 것과 다름없다.

헨리 데이비드 소로는 말했다.

"후회를 지혜롭게 이용하라."

깊이 후회한다는 것은 새로운 삶을 산다는 것이다.

후회는 미래를 향하여 발을 내딛기 위한 것이다.

정해지지 않은 삶을 살기에

미래에 희망을 품을 수 있다.

깊은 늪 속에서 후회할 것인가,

밝은 미래를 위해 후회를 이용할 것인가.

당신 삶에서 그 어떤 것에 대해서도
후회할 필요는 없다.
그 어떤 것이 좋았다면 좋은 것이고,
나빴다면 좋은 경험이기 때문이다.

- 엘리너 앨리스 버포드

악셀리 갈렌칼렐라, 「호수 전경」

모든 것을 잃어도
본질만 변하지 않는다면

나무는 계절에 따라 다른 옷을 입는다.

사람도 상황에 따라 다른 빛깔을 낸다.

얼핏 보면 변한 것 같지만

겉모습만 다르게 보일 뿐

그 속은 쉬이 바뀌지 않는다.

본질만 변하지 않는다면

그 나무는 그 나무이고

그 사람은 그 사람이다.

보이는 것이 전부가 아니라는 것을 알면서도

보이는 것에 가끔은 현혹되고 만다.

그러면 내면의 진짜 나를

발견할 수도, 지킬 수도 없다.

새로운 일을 시작할 때도
새로운 인연을 맺을 때도
끝까지 본질을 지켜야 한다.

그래야만 쉽게 흔들리지 않는다.
그래야만 내 겉을 감싼 모든 것이
사라진다 해도 돌아갈 자리가 있다.
다시 시작할 수 있다.

얻는 것보다
잃는 것이 많아지는 나이

"소욕지족(小欲知足),
이 세상에 태어날 때 빈손으로 왔으니
가난한들 무슨 손해가 있으며,
죽을 때 아무것도 가지고 갈 수 없으니
부유한들 무슨 이익이 되겠는가."

법정스님의 말씀이다.
스님께서 삶으로 가르친 '무소유' 정신은
인생의 절반을 지나는 나이에
더더욱 필요한 처방이다.

들어오는 것보다 나가는 것,
얻는 것보다 잃는 것,
좋은 것보다 싫은 것이 갈수록 많아진다.

지금의 배포로 그런 현실을 감당할 수 있겠는가.

평범한 사람이 무소유를 실천하기란 쉽지 않다.

그렇지만 스님 흉내라도 내보기 시작하자.

그러다 보면 내 마음에서도

바람이 빠지는 날이 오지 않겠는가.

무소유란 아무것도 갖지 않는다는 것이 아니다.
궁색한 빈털터리가 되는 것이 아니다.
무소유란 불필요한 것을 갖지 않는다는 뜻이다.

- 법정스님

테오도르 프레레, 「나일강의 일몰」

2장

늙어가는 것이 아니라
익어가는 것이다

나다운 꽃을 피울 때
가장 아름답다

꽃은 어느 곳에서 피든
그 자체로 아름답다.
사람도 꽃과 같다.
어느 곳에서 무엇을 하든
자기다운 꽃을 피울 때 가장 아름답다.

그러나 자기다움이 무엇인지 죽기 직전까지
눈치채지 못하는 사람도 수두룩하다.
평생을 살아도 자신보다는
남을 더 많이 알고 떠나는 게
사람이라는 존재다.

자기가 무슨 꽃을 피워야
가장 아름다운지 깊이 고민해본 적 있는가.

젊을 때는 가족을 위해

자기와 맞지 않는 꽃을 피웠다면

지금부터는 자기다운 꽃을 피우기 위해 살아라.

그 향기로운 꽃내음이 자신은 물론

가족에게도 행복하게 전해질 것이다.

늙어가는 게 아니라
익어가는 것이다

파릇한 잎사귀가 싱그러운 멋을 지녔듯
계절에 따라 붉어가는 잎사귀도
그 나름의 중후한 멋을 지니고 있다.
비록 낙엽이 되어 한 줌 거름이 될지라도
생명이 다하는 그 순간까지
고유한 멋을 지니다 떠나는 모습에
우리는 감탄과 찬사를 아끼지 않는다.

인간도 마찬가지다.
파릇한 청춘을 지나 세월의 색이 물들어
중년에서 노년으로 익어간다.
그러니 나이 들어가는 것을
아쉽고 슬프게만 생각할 일이 아니다.

세월을 먹는 외모야 어찌하겠느냐마는
파릇한 마음만 유지한다면
평생을 청춘으로 살 수 있다.

그렇게 자연의 품으로
자연스럽게 흡수된다면
그 무슨 아쉬움이 크겠는가.

인생에서 가장 후회되는 것은

나 자신이 원하는 내가 되지 않고

다른 사람들이 원하는 내가 된 것이다.

- 섀넌 엘더

시간을 때우지 않고
채우며 사는 삶

___

퇴근길 지하철 환승역,

휠체어 리프트가 이동한다는 벨이 울린다.

평범한 풍경이라 생각해 지나치려는 순간,

사람과 사람의 정겨운 모습이 눈에 들어왔다.

리프트는 속도가 상당히 느리기에

휠체어를 연결할 때까지 시간이 걸린다.

그런 경우 서로 말없이 묵묵히 기다리고 서 있지만

오늘은 공익근무요원과 장애가 있는 승객이

리프트를 기다리는 내내 너무도 정겹게 대화하고 있었다.

군대 생활을 할 때 흔히 '시간을 때운다'라고 말한다.

그러나 내가 본 둘은 시간을 때우는 사람이 아니라

시간을 의미 있게 채우는 사람이었다.

사실 군대 생활을 할 때만
시간을 때우는 것은 아니다.
학교에서, 직장에서 그리고 가정에서도
우리는 귀한 시간을 대충 때우며 살아가지 않는가?

자신에게 남은 시간을 알고 사는 사람은 아무도 없다.
그러므로 지금 살아가는 이 순간을
내게 주어진 마지막 시간이라 생각하며 살아야 한다.
만약 오늘이 내 생애 마지막 날이라면
대충 때우며 살 수 있겠는가?

세상을 떠나야 하는 날,
자신이 인생을 돌아볼 짧은 시간이 주어졌다면
지나온 인생에 대해 어떤 평가를 할까?

후회 없는 삶을 살았다고 만족하며
미소 짓고 떠날 수 있을까?

카스파르 다비트 프리드리히, 「창가의 여자」

내리막길에만 보이는
풍경이 있다

산을 오를 때 대부분 앞만 보며 올라간다.
정상만 바라보느라 풍경을 잘 보지 않는다.
산에서 내려갈 때는 시야가 넓어진다.
저만치에 오를 때는 보지 못한 계곡도 보인다.

삶도 그렇더라.
젊을 때는 가열차게 전진만 하다 보니
미처 챙기지 못한 풍경들이 많다.
정상을 지나 하산길로 접어드니 세상을 넓게 보게 된다.

하지만 또 시야가 넓어지니
발을 잘못 디뎌 미끄러질까 봐 조심스럽다.
그러나 서두르지 말고
여유롭게 하산길을 만끽해보자.

삶이라는 배에
태우고 싶은 선원

참치 사냥꾼을 취재한 다큐멘터리를 보았다.
필리핀 민다나오에서 참치잡이로
생계를 이어가는 선원들의 이야기였다.

그들의 삶은 상상 이상으로 퍽퍽했다.
참치를 잡아야 돈을 받고
잡지 못하면 한 푼도 받지 못한다.
그리고 또 하나 특이한 점은
이 배에서는 슬픔이 금지되어 있다는 것이다.

아무리 현실이 고통스럽더라도
슬퍼하는 선원은 배에 태우지 않는다.
망망대해에서 40여 일을 떠다니며
참치를 한 마리도 못 잡는다 해도

얼굴을 찡그리지 않는단다.

슬픔을 가지고 있는 선원이 배에 타면
폭풍을 만난다고 믿기 때문에
일하며 인상을 쓰는 것조차 용납되지 않고
그런 표정을 보인 선원은 다음 출항에서 빠지게 된다.

주변에 부정적인 사람이 많으면
나도 모르게 나 역시 부정적으로 바뀌는 것을 느낀다.
나이 들수록 뜻대로 안 되는 일, 걱정거리가 늘 수 있다.
그 상황을 어떤 시각으로 흡수하는가에 따라
자신을 불행의 소굴로 밀어버릴 수도 있고
행복이라는 선물을 받을 수도 있다.

당신은 삶이라는 배에

사소한 일에도 슬픈 얼굴을 한 선원을 태우고 싶은가.

사소한 일에도 기쁨으로 가득 찬 선원을 태우고 싶은가.

나는 정확해. 틀림없지. 다만 운이 좀 없다 뿐이지.

하지만 누가 알아? 어쩌면 오늘은 운이 좋을지도.

- 헤밍웨이, 『노인과 바다』 중에서

스타니스와프 비트키에비치, 「바다의 일몰」

해만 보느라
땅은 보지 못한 해바라기

해바라기는 한참 기가 오를 때
고개에 힘을 가득 주고 위만 쳐다본다.
크고 무거운 머리를 지탱하는 힘은
땅에서 오는데도 아래는 관심도 없다.

토양이 나빠지는지,
물이 차서 뿌리가 썩어 가는지,
가뭄으로 메말라서 타들어 가는지
살피지 않는다.

하늘만 바라보면
자기 머리가 지켜질 줄 알고
하염없이 위만 바라본다.
그런데 천만의 말씀이다.

밑을 보지 않고 뿌리를 방치하면 썩어버려
순간 무거운 머리가 바닥으로 팽개쳐진다.
아래로 떨어지고 나서는 땅을 탓한다.
그리고 무지 서운해한다.

생각해보자.
뻣뻣하게 고개를 들고 있느라
아래에서 일어나는 일에 무심하지 않았는지.

일찍 핀 꽃도 봄이고
늦게 핀 꽃도 봄이다

봄이 되면 뉴스에서
봄꽃들의 개화 순서를 알린다.
눈 속에 피는 매화가 가장 먼저 봄의 시작을 알리고
오뉴월에 피는 철쭉이 봄의 끝을 알린다고 한다.

일찍 핀 꽃도 봄이고
늦게 핀 꽃도 봄이듯이
인간도 일찍 피든 늦게 피든
그 계절은 온전히 당신이다.

일찍 피었다고 자만하지 말고
늦게 피었다고 좌절할 이유가 없다.
그대도 아름다운 꽃으로 활짝 필 것이다.

올가 안토노바 라고다 시시키나, 「들꽃 속의 소녀」

노화를 막는
가장 좋은 습관

어릴 적에 쓴 일기,

청춘의 열기를 감당하지 못할 시기에 쓴 연애편지,

완성하고 혼자 가슴 뛰던 시 같지도 않은 시,

내가 쓴 글은 고작 이 정도가 전부였다.

하지만 책을 읽고 꼭 정리하는 습관이

그나마 내가 '막글'이라도 쓸 수 있는 용기와 힘이 되었다.

책처럼 훌륭한 스승은 세상에 없다고 생각한다.

책을 읽으면 말라가는

우물이 채워지는 기분이 든다.

인터넷에는 없는 정보가 없다.

사람들은 인터넷과 친해지면서

책과는 멀어지고 있다.

그러나 알맹이만 빼먹고서는

제대로 된 찐빵 맛을 알 수 없듯

인터넷에 있는 간단명료한 정보는

책을 읽고 깨닫는 지식과 지혜와 견줄 수 없다.

뇌의 노화를 막기 위해서라도

열심히 영양을 보충하자.

책처럼 좋은 영양제는 아직 개발되지 않았다.

어떤 분야에서든 유능해지고
성공하기 위해선 세 가지가 필요하다.
타고난 천성과 공부 그리고
부단한 노력이 그것이다.

- 헨리 워드 비처

칼 라르손, 「안나 요한나」

너의 발걸음을
의심하지 말라

개미들의 발걸음은

얼핏 보기에는 아무 의미 없이

반복하는 행동 같아도

그들의 발걸음은

그들의 삶에 있어 위대한 걸음이다.

당신의 반복되는 일상도

때론 지루해 보이지만

하루하루가 쌓여

인생이라는 위대한 길을 만든다.

그러니 너의 발걸음을 의심하지 마라.

그대로인 것 같아도 아주 조금씩 나아가고 있다.

오늘도 뚜벅뚜벅 걸어라.

다음에 필 꽃을
사랑하면 그만이다

마치 뻥튀기가 터지듯
봄꽃들이 뻥뻥 개화하는 시기가 왔다.

아쉽게도 봄꽃은 오래 느낄 수 없다.
봄비가 내리면 벚꽃잎이 힘없이 떨어져
바닥은 온통 꽃잎으로 덮일 것이다.

꽃잎이 떨어지는 건 아쉽지만
꽃은 영원히 피어 있는 것이 아니어서 더 귀하다.
애정하는 꽃도 떠났다 다시 만나면 애틋함이 더 크다.
벚꽃이 지면 뒤를 이어 다른 꽃들이 피어나니
또 그 꽃을 사랑하면 된다.

떨어질 것을 미리 걱정할 필요도

떨어졌다고 슬퍼할 것도 없다.

그 순간을 즐기고 아름다움을 담으면 된다.

삶 역시 그렇더라.

제시카 헤일러, 「칠보 꽃병에 담긴 양귀비와 콜레우스」

겨울은 멈춤이 아닌
또 다른 시작이다

모든 생명체는

겨울이라 해서 성장을 멈추지 않는다.

속을 채우며 더 단단해지려 애쓰고 있을 것이고

그 힘이 넘쳐날 때 잎으로 꽃으로

몽우리를 터트릴 것이다.

어찌 보면 봄이 시작이 아니라

겨울이 생명의 시작일 수 있다.

가끔 인생에 있어 겨울 같은 날도 찾아온다.

아무리 옷을 여며도 춥고 쓸쓸하고 버거운 나날들.

하지만 그날들 역시 잎과 꽃을 피우기 위한

준비의 시간이자 새로운 기회의 시작일 수 있다.

깨달음은 행복이 아니라 좌절과 고통 속에서 오더라.

고민과 갈등의 시간도 성장으로 가는 과정이다.

지금은 멈춘 듯 보이겠지만

그 힘이 넘쳐날 때 다시 꽃이 필 것이다.

어려움의 크기만큼
성장할 수 있다

역경을 이겨내는 과정에서
삶의 철학은 더욱 원숙해진다.
어려움의 크기만큼 성장할 수 있다.

살면서 겪는 시련의 수는 다를지 몰라도
누구에게나 시련은 찾아오는 법이다.
'세상은 왜 나에게만 모진 시련을 계속 줄까?' 하는
오해와 불만을 품고 있다면 그 생각은
자신이 마음속에 판 좁은 우물 안에서
세상을 보기 때문이다.

시련을 넘어선 자만이 만끽할 수 있는
비옥한 땅과 아름다운 세상이 있다.
힘들다고 바로 멈추면 아무런 변화도 없다.

담금질을 한 쇠가 더욱 단단해지듯

그 상황을 견디다 보면

강철 같은 자신을 발견하게 될 것이다.

삶을 사는 데는 단 두 가지 방법이 있다.
하나는 기적이 전혀 없다고 여기며 사는 것이고
또 다른 하나는 모든 것이
기적이라고 여기며 사는 것이다.

– 알베르트 아인슈타인

헬렌 갤러웨이 맥니콜, 「꽃 따기」

사막이 아름다운 건
오아시스가 있기 때문이다

삶이란 누구에게나
만만하지 않다.
땅바닥에 떨어진 99%의
절망을 보지 않고
떨어지지 않은 1%의
희망을 바라보는 눈을 갖고
가능성을 보며
희망을 잃지 않기를.

혹독한 겨울을 견뎌내면
따스한 봄은 또 찾아오리니.

마디 없이
곧게 자란 어른은 없다

숨이 막힐 정도로 분주하게 달리지만
문득 그 자리에서 멈칫할 때가 있다.

내가 지금 무엇을 위해 이렇게 달리지?
왜 내 어깨는 늘 이렇게 무겁지?
멈칫멈칫하다 보면 꼭 슬럼프가 뒤따른다.
갑자기 모든 것이 의미 없어지고,
자신감과 의욕이 바닥과 맞닿는다.

대나무는 하늘을 향해 뻗어나기 위해
열심히 살을 만들다
어느 순간 마디를 만들며 숨 고르기를 한다.
그렇듯 인간도 마디를 만드는 시기가 찾아온다.
마디 없이 곧게 자란 인간은 없으니 말이다.

아이들만 성장통을 겪는 것은 아니다.

어른도 끊임없이 성장통을 겪는다.

어른도 아프고 어른도 눈물이 난다.

알베르트 앵커, 「책상에 앉은 노인」

뭐가 그리 급하다고
빨리만 달리나

무궁화 다섯 개짜리 오성급 새벽 열차를 탔다.
옆에서 미친 듯이 달리는 KTX와 달리
무궁화는 세상 여유를 다 부린다.

느리게 느리게
조금 가다 지쳤는지 쉬고 또 쉬고.
속도에 목숨 거는 요즘 세상에
이리도 느긋한 성격의 소유자는 드물 것이다.

창밖 풍경을 무성 영화처럼
마음 비우고 보는 것도 나름 맛이 있다.
그래, 뭐 그리 급하다고
다들 빨리만 달리려 하나.
너라도 주변 눈치 보지 말고

지금처럼 천천히,

아주 천천히 가거라.

언젠가는 도착하겠지 뭐.

젊고 아름다운 사람은
자연의 우연한 산물이지만,
늙고 아름다운 사람은
하나의 예술 작품이다.

– 엘레노어 루스벨트

살아가는 이유를 찾는 것이
인생의 전부다

꿈을 찾는 일,

삶의 가치를 찾는 일,

가야 할 길을 정하는 일.

그건 자신이 태어난 이유를 발견하는 것이다.

그때가 언제인지는 그다지 중요하지 않다.

열 살이 되어서 진짜 나를 찾을 수도 있고,

백 세가 넘어서도 진짜 나를 찾을 수 있다.

일찍 피든 늦게 피든 꽃은 꽃이 아니던가.

내가 존재하는 이유를 알아내기 위해

열정을 불태우는 나이는 정해져 있지 않다.

이 세상에 이유 없는 존재는 없다.

살아가는 이유를 찾는 것,

어쩌면 그게 인생의 전부일 수도 있다.

인생에 중요한 날은 두 번 있다.

하나는 자신이 태어난 날이고,

다른 하나는 태어난 이유를 발견한 날이다.

- 존 맥스웰

카스파르 다비트 프리드리히, 「드레스덴 근처의 대지」

나의 말을
가장 먼저 듣는 사람은 나다

인간은 말을 먹고 자란다.
내가 밖으로 내보낸 말을
가장 먼저 듣는 것은 바로 자신이다.
자신의 말을 자신이 먹고 산다.

긍정적인 말을 많이 하려 노력하면
자신도 모르게 삶이 긍정적으로 바뀐다.
말은 상대에게도 영향을 주지만
자신에게 더 큰 영향을 준다.

부정적인 말을 습관적으로 하며
긍정적인 결과를 기대하는 것은 어불성설이다.
세상이 밝다고 거듭해 말해보자.
그러면 세상이 정말 밝아질 것이다.

말에는

세상을 어둡게도 밝게도 만들 수 있는

엄청난 위력이 있다.

나이를 먹을수록
실한 열매가 되어간다

과일나무에 몽우리가 생기더니

꽃이 피어나고 새파란 열매가 맺힌다.

이런저런 자연 풍파를 다 거치며

어떤 놈은 다 익기도 전에 떨어져 버리고

견뎌낸 놈은 가을 햇살을 머금어 튼실하게 익어간다.

인간의 생애도 이와 유사하다.

그러니 나이 들어감을 슬프게 생각하지 말자.

덜 익은 푸른빛의 사과는 풋풋해서 아름답고,

잘 익은 빨간빛의 사과는 빛깔과 향이 아름답다.

세월을 먹을수록 실한 열매가 된다.

곱게 나이가 든 어른은 얼굴과 표정에서

농익은 내면의 아름다움이 드러난다.

있는 그대로의 새하얗고 고운 백발에서
기품이 묻어나온다.

우리는 늙어가는 것이 아니라
조금씩 익어가는 것이다.
당신은 어떻게 익어가고 싶은가.

연륜이 쌓여갈 때

비로소 그 사람의

진정한 아름다움을 알 수 있다.

- 아누크 에메

✳ 3장 ✳

_____

남을 위해서가 아니라
나를 위해서 살 때다

남들이 뭐라 하든
행복할 수 있는 이유

가끔은 내 감정을 타인이 결정할 때가 있다.
충분히 다르게 받아들일 수 있는 일도
마땅히 불쾌해야 한다고
마땅히 불행해야 한다고
감정을 강요받을 때가 있다.

타인이 결정하는 감정을 거부하면
불행 대신 행복을 주도적으로 만들 수 있다.
의존적이던 감정을 독립적으로 바꾸어보자.

따지고 보면 세상에 안 힘든 일은 없다.
그러나 이 일을 내가 어떻게 받아들이느냐에 따라
내게 느끼는 감정은 달라질 수 있다.

무슨 일을 하든지 즐겁고 행복하다면
그 자체로 최고의 보상을 받는 것이다.

오늘도 내가 행복하다고 생각하면
오늘 하루 행복하게 보낸 것이다.

한 배를 탔다면
같은 곳을 바라볼 것

젊을 때 죽도록 좋아서 한 배를 탔지만
세월이 흐를수록 다른 곳을 바라보는 것이 부부다.
가까웠던 두 사람이 격정적인 삶의 파도에 멀어져
어느 순간 다른 곳을 향해 가고 있다.

식물은 완전히 시들어버리면
아무리 물을 줘도 살아나지 못한다.
부부 관계도 마찬가지다.
메마른 감정은 웬만해선 돌아오지 않는다.
그전에 아낌없이 물기 어린 손을 건네라.

내가 당신에게 등을 돌린 것은
당신 탓이라며 배짱 피우지 말고,
잘잘못을 따지지 말고 그저 숙이고 다가서라.

연애할 때는 작은 일에도
상대를 생각하고 배려했던 것처럼
분주히 사느라 멀어졌던 공백을
조금씩 메워가며 다가서자.

어려울 것 없다.
서로의 처지에서 경청하고
서로의 상황을 이해하고
우리를 위해 배려를 실천하는 것.
그것이 다시 같은 곳을 바라보며
가까워지게 될 명약이다.

진실하게 맺어진 부부는
젊음의 상실이 불행으로 느껴지지 않는다.
같이 늙어가는 즐거움이
나이 먹는 괴로움을 잊게 하기 때문이다.

- 모로아

카스파르 다비트 프리드리히, 「범선 위에서」

당신이 있기에
내 삶이 아름답다

산다는 것은
단순히 존재한다는 것을
의미하는 게 아니다.

행복하게
의미 있게
아프지 않게
잘 존재한다는 것이다.

어떤 사물이든
적절한 장소에 놓여 있을 때
아름답게 느껴진다.

그대도 그렇다.

내 인생은

그대가 존재한다는 것만으로도

충분히 아름답고 눈물겹다.

페데르 세베린 크뢰위에르, 「장미」

자식이 실패하는 것을
두려워 마라

내게는 서른 넘은 자식 둘이 있다.

대학을 졸업하며 둘 다 독립적인 생활을 시작했다.

때로는 방임처럼 느껴질 정도로 간섭하지 않고

그들의 판단과 결정을 존중해왔다.

그들이 내게 조언을 구할 때만

내 생각을 이야기해주었다.

부모가 자식의 진로와

평생의 배우자까지 간섭하는 것은

자식에게 주어진 과제를 빼앗는 것과 같다.

완전한 개입은 금물이다.

관심과 간섭의 경계를 살피기가 참 어렵다.

하지만 그 선을 잘 지켜보려 애쓴다.

자식의 실패를 두려워하지 마라.
실패는 삶을 소모하는 것이 아니라
삶을 단단하게 만드는 과정이다.

자식이 실패하고 힘들어하는 모습을
지켜보는 것이 마음 편한 부모가 어디 있겠는가.
그러나 자식의 모든 실패를 가로막다 보면
실패를 딛고 다시 일어나는 힘,
실패를 거울 삼아 방법을 찾는 힘이 생길 수 없다.

아이들은 언젠가는 홀로 서야 한다.
살면서 언젠가는 실패하게 되어 있다.
그러니 홀로 그 실패를 견딜 힘을 길러줘야 한다.

그러려면 부모가 먼저
아이의 실패를 지켜보는 힘을 길러야 한다.
그리고 아이에게는 네가 볼품없이 쓰러지더라도
너를 끝까지 응원하는 존재가 있음을 알게 해주자.

그것이면 충분하다.

온갖 실패와 불행을 겪으면서도

인생의 신뢰를 잃지 않는 낙천가는

대개 훌륭한 어머니의 품에서 자라났다.

- 앙드레 모루아

페데르 세베린 크뢰위에르, 「여름 저녁에 스카겐 해변에서 목욕하는 소년들」

따뜻한 마음을 쓰면
내 마음이 먼저 녹는다

"밉게 보면 잡초 아닌 풀이 없고

곱게 보면 꽃 아닌 사람이 없으되

내가 잡초 되기 싫으니

그대를 꽃으로 볼 일이로다."

이채 시인의 시

「마음이 아름다우니 세상이 아름다워라」의 한 구절이다.

작지만 텃밭 농사를 해보니

낱알에 스며든 농부의 땀을 알겠다.

밭에서 자라나는 풀과 꽃들의 소중함도 알겠다.

농사를 지어 보니 철이 더 든다.

세상과 사람을 대하는

마음의 차별이 조금씩 사라지는 것 같다.

나 자신에게도

가족에게도

주변 사람들에게도

따뜻한 마음을 아끼지 말고

꽃을 보는 시선으로 바라보자.

마음을 아끼면

가장 먼저 내 마음이 얼어붙는다.

따뜻한 마음을 많이 쓰면

가장 먼저 녹는 것은 내 마음이다.

지혜로운 사람은 이해관계를 떠나서
누구에게나 친절하고 어진 마음으로 대한다.
왜냐하면 어진 마음 자체가
나에게 따스한 체온이 되기 때문이다.

- 블레즈 파스칼

페데르 세베린 크뢰위에르, 「정원에서 니트웨어를 만드는 두 여자」

같은 나무에서도
다른 색의 꽃이 피듯이

같은 땅에서도 다른 나무가 자라듯
같은 나무에서도 서로 다른 꽃이 피듯
사람은 저마다 다른 꽃으로 살아간다.

그저 다른 꽃일 뿐인데 나를 남과 비교하며
나는 왜 저렇게 생기지 못했을까 속상해한다.

남들이 나를 어찌 평가하든 신경 쓰지 않고
나다운 내 삶을 살아가는 것이 중요하다는 것을
세월을 먹고 나서 깨닫는다.

자신을 있는 그대로 인정하고
사랑할 줄 알아야 한다는 것을
깨달은 뒤 세상살이가 훨씬 편해졌다.

타인을 바라볼 때도 마찬가지다.

타인의 생각을 바꾸려고 하지 말고

있는 그대로 받아들일 수 있도록 태도를 바꿔보자.

갈등은 서로의 다름을 인정하지 않아 발생한다.

나를 바꾸는 것은 어렵지만 쉬운 길이다.

그러면 상대가 아니라 내가 편안해진다.

이런 단순한 진리를

좀 더 일찍 깨달았다면 얼마나 좋았을까.

구스타브 칼리보트, 「오렌지 나무」

사랑한다는 말은
이해한다는 말이다

아프리카 어느 원주민의 언어로
'사랑한다'는 말과 '이해한다'는 말이 같다고 한다.
그들에게 사랑한다는 것은 상대방을 이해하고
그를 존중한다는 것을 의미한다.

다름을 인정해야 오래도록 함께 갈 수 있다.

함께라는 단어에
익숙해지자

경쟁이 치열한 직장 생활을 오래 하다 보면
상대를 순수한 마음으로 대하지 못하는 습관이 밴다.

나 역시 그랬다.
속고 속이며, 밟고 밟히는 사회 속에서
언제든 경계 태세를 갖춰야 했다.
동료까지도 라이벌이자 적군으로 느껴졌다.
겉으로는 함께한다 했지만 속으로는 늘 따로였다.

이렇게 살다 보니 수많은 사람과 함께 지내도
때로는 홀로 무인도에 떨어진 느낌이 들었다.
마치 망망대해에 홀로 떠 있는 등대의 심정이었다.

사람들과 함께 일하며 그 속에서 에너지를 얻고,

시련을 견디고, 살아 있음을 느끼는 일은 중요하다.
사실 직장 생활을 끝냈을 때 가장 큰 고통은
함께 부대끼며 일했던 사람에 대한 그리움이다.

누구보다 빠르게 올라가고자 앞만 보고 달렸는가?
하지만 하산길에서는 빠르게 달려봤자
맨 아래에 홀로 서 있게 될 뿐이다.

이제는 여유 있게 주변을 살피고 느껴보자.
지금부터라도 가벼운 인연도 소홀히 대하지 말자.
물론 무겁게 생각할 필요는 없다.
부담을 덜고 가볍게 다가서 보자.
'함께'라는 어색한 단어가 친숙해지도록.

페데르 세베린 크뢰위에르, 「스카겐의 남부 해변에서의 여름 저녁」

남녀간의 사랑은

아침 그림자와 같이 점점 작아지지만

우정은 저녁나절의 그림자와 같이

인생의 태양이 가라앉을 때까지 계속된다.

- 아우구스트 베벨

마지막까지
잊지 말아야 할 것

무게중심을 어디에 두고 살아야 할까?
물론 상황에 따라 바뀔 수는 있지만
큰 골격은 서 있어야 한다.

사람들은 대부분 권력을 갖고 싶어 한다.
힘이 있는 사람 주변에
사람이 모여드는 것은
엄연한 현실이다.

물론 삶의 끝에 가까워질수록
권력의 무상함을 느낀다고 하지만
그런 소리는 삶의 끝이 아니고서야
쉽게 마음에 와닿지 못한다.

나도 인간이라 힘을 원했다.

하지만 이제는 힘을 욕심 내다가

사람을 잃고 싶지는 않다.

만약 힘과 사람 중에 선택해야 할 상황이 오면

나는 주저 없이 사람을 선택할 것이다.

어떤 상황이든 마지막까지 사람만은 잃지 않겠다.

이것이 내 삶의 철칙이자 철학이다.

내 곁에 소중한 사람이 없다면

아무리 힘을 얻는다 해도 그것이 무슨 소용이 있겠는가.

힘으로 얻어낸 사람이 무슨 쓸모가 있겠는가.

내 무게중심은 바로 사람에 있다.

과거의 나는 그러지 못했으나
지금의 나, 그리고 앞으로의 나는
사람을 중심으로 살 것이다.

설령 내가 힘을 잃어 쭉정이가 된다 하더라도
돈 한 푼 없이 빈털터리가 된다 해도
주변에 소중한 사람이 남아 있다면
남들이 뭐라 하든 내 인생은 성공이다.

페데르 세베린 크뢰위에르, 「힙, 힙, 만세!」

나이가 들어
SNS를 한다는 것

세상이 변화되며 SNS는 사람들 사이의
새로운 소통의 장으로 자리 잡았다.
나는 나의 SNS가 시골 마을회관이었으면 좋겠다.

누구든 자유롭게 들어와
일상에서 겪은 기쁨과 슬픔,
자랑과 고민을 스스럼없이 나누며
격려와 응원을 주고받는 그런 곳.
수다 삼매경에 빠지기에 전혀 어색하지 않은
자연스럽고 편안한 곳이었으면 좋겠다.

새로운 사람과 인연을 맺고
또 다른 세계와 생각을 접할 수 있고
부족한 나 자신을 채워가며

웃음과 힘을 얻는 안식처가 되었으면 좋겠다.

SNS에서 만난 친구들은

퇴사와 동시에 사라지는 인연들과 다르다.

어찌 보면 느슨하지만 가장 단단히 연결된

오히려 가장 순수하게 나를 친구로 대하는 사람들.

이런 관계가 이제 우리에게 필요하다.

등 뒤로 불어오는 바람, 눈앞에 빛나는 태양,

옆에서 함께 가는 친구보다 더 좋은 것은 없으리.

- 에런 더글러스 트림블

찰스 코트니 쿠란, 「해변가의 아이들」

이제는 공감대화가
필요하다

동의(同意), 당신과 나의 생각이 같다.

동감(同感), 같은 상황에서 느낌이 같다.

공감(共感), 생각과 느낌이 나와 다르더라도
상대방의 입장에서 그 느낌이 이해된다.

부부간에 대화를 나눌 때
내 생각에 동의해주지 않고
내가 느끼는 대로 동감해주지 않는다고
상대방을 원망하고 비난할 것이 아니라
서로 상대방의 입장에서 서로의 생각과 감정을
이해해주는 방법이 바로 공감이다.

동의와 공감을 제대로 구분해야
인간관계와 소통이 수월해질 수 있다.

공감이란,

상대방의 생각과 감정이 나와 달라도

상대방의 생각과 감정을 이해하는 것.

동의나 동감이 아닐지라도

상대방에게 이입하여 그 입장이 되는 것이다.

"나는 입장이 다르지만,

 네 입장에서는 충분히 그럴 수도 있겠네."

"저라면 다른 선택을 했을 것 같지만,

 당신 생각대로라면 그런 선택을 했던 게 이해돼요."

이렇게 상대방을 공감해준다고 해서

나의 입장과 감정을 포기하는 것은 절대 아니다.

인간은 누구나 인정받고 싶어 하는 욕구가 있다.

마음 맞는 사람끼리 모일 때 즐거운 것은
서로 이해하고 인정하는 분위기 때문이다.
언젠가 한 지붕에 둘만 남을 것인데
단답형 대화로 살아가야 한다면 얼마나 힘들겠는가.

부부의 대화법도 공감대화로 변해야
남아 있는 삶을 오손도손 즐겁게 살 수 있다.

리차드 버그, 「북유럽 여름 저녁」

상대의 마음에
흔적을 남긴다는 것

한비자는 이런 말을 했다.

"교묘한 속임수가 서투른 성실함보다 못하다."

아무리 술수(術數)가 판치는 세상이고
때론 술수가 통한다 할지라도
길게 보면 올바름을 선택한 사람이 인정받아야 한다.
그래야 제대로 된 사회가 유지된다.

대중 앞에서 자신의 생각을 전달하고
공감과 동감을 이끌어내는 능력도
자산이 되는 시대다.
전달하려는 메시지가 명확해야 하고
재미와 스킬도 필요하지만
무엇보다 중요한 것은 '진심'이 통해야 한다.

본질보다 기교가 앞서서는 안 된다.

재미는 있어도 상대의 마음에

흔적을 남기지 못한다면

훌륭한 전달자라 볼 수 없다.

나를 평생 유치하게
만드는 친구

회식을 하는데 바로 옆자리에
일흔 먹은 어르신 여덟 분이 앉아 있었다.
식사를 하다가도 한쪽 귀는 자연스럽게
그분들의 대화에 집중하게 되었다.

아마도 서로 동창생인 듯하다.
나이가 지긋한 분들의 모임이라
조금은 더 어른스럽고 차분할 줄 알았는데
오가는 대화를 듣다 보니 귀엽고 유치하기 짝이 없다.

자식들에게 용돈을 받을지 안 받을지를 놓고
한참 토론이 벌어진다.
손자손녀에게 다시 주는 한이 있더라도
받아야 한다는 쪽이 우세했다.

갑자기 술잔이 빨리 돌기 시작한다.

그러면서 대화는 더욱 유치해지고 솔직해진다.

서로를 이름이 아닌 별명으로 불러도

그 누구도 시비를 걸지 않는다.

마치 수학여행 떠나 온 초등학생 같다.

검은 머리든 백발이든 역시 친구는 친구다.

나도 나이가 더 들어도

저렇게 속 터놓고 즐거울 친구가 있으면 좋겠다.

오랜 친구가 주는 기쁨 중 하나는
함께 있을 때 얼마든지
천진난만해질 수 있다는 것이다.

- 랄프 왈도 에머슨

호아킨 소로야, 「발렌시아 해변의 아이들」

빵집에서
추억을 꺼내 먹는다

고등학교 시절 친구들과 가끔씩 찾았던 곳,

유일한 미팅 장소였던 추억 속의 동네 빵집이 있다.

지금은 지역 명소로 자리 잡은 군산의 이성당이다.

지역사회를 위해 많은 봉사를 하고

직원들을 귀하게 대하는 곳으로 유명하다.

출장 중에 들러 사람이 많지 않을 줄 알았는데

대기 줄이 족히 오십 미터는 된다.

대형 프랜차이즈 빵집이 생기며

동네 빵집들이 수없이 문을 닫았다.

그래도 지역별로 생존한 곳들이 있어 그나마 다행이다.

앞으로도 추억이 깃든 이런 곳들이

오래도록 생존해 추억이

흔적 없이 사라지지 않았으면 좋겠다.

나이 들어 심심하면

추억을 하나씩 꺼내 먹을 수 있도록.

지금도 귀한 추억을 쌓아간다.

거참, 꿀맛이로구나.

마음을 알아주는
친구가 몇이나 되는가

서로의 얼굴을 아는 사람은
세상에 셀 수 없이 많겠지만
서로의 마음을 아는 사람은
세상에 몇이나 되겠는가.

마음을 알아주는 친구가
단 한 명만 있어도
성공한 인생이라고 말한다.

내게도 마음을 알아주는
진정한 친구가 한 명 이상은
존재한다는 믿음이 있어
지금까지 내 삶이
무의미하지는 않았다고 생각한다.

하나씩 하나씩

잃어가는 것이 많아지는 이 나이.

친구는 잃어서는 안 될 보석 같은 존재다.

우정은 함께 나누고
함께 공유함으로써
성공을 더 빛나게 하고,
고난을 더 가볍게 덜어준다.

- 마르쿠스 툴리우스 키케로

아서 헤이어, 「고양이들의 대화」

* 4장 *

행복은 아끼는 것이 아니라
누리는 것이다

행복은
저축하는 것이 아니다

어느 날,

미래의 거울 앞에 선 나와 마주친 적이 있다.

표정이 그믐달 속에 묻힌 구름처럼 어두웠다.

미래 앞에 선 내 민낯의 단어는 '불안함'이었다.

언젠가부터 불안은 늘 나를 따라다녔다.

돈이 있어도 불안하고 없어도 불안했다.

좋은 사람이 있어도 불안하고 없어도 불안했다.

직장이 있어도 불안하고 없어도 불안했다.

당장 써먹을 돈과

당장 옆에 좋은 사람이 있어도

마음대로 써먹지도 누리지도 못하며

그저 창고에 쌓아두고 있었다.

그리고 막상 뒤늦게 돌아보면
이미 쓸모를 잃은 채 낡아 바래져 있었다.

수명이 길어진다는 것은 어쩌면
축복이 아니라 재앙일지 모른다.
누릴 수 있는 기쁨이 늘어나는 게 아니라
불안을 안고 살아가야 하는 가혹한 시간만
끝없이 연장되는 것일지 모른다.

아무리 발버둥을 쳐도
어차피 삶은 불안의 연속이다.
차라리 지금을 웃게 하고 지금을 살아가자.
행복은 생길 때마다 곧바로 다 써버려야 한다.

행복은 저축하는 것이 아니다.
필요하다면 내일의 행복마저 당겨 써도 좋다.
내일의 행복은 내일이 밝으면
그때 다시 만들면 그만이다.

윈슬로 호머, 「디너 호른」

여섯 번째
돌다리를 건너며

드라마 속에서 시한부 판정을 받은 인물이
영정사진도 찍고 SNS에 올린 글도 정리한다.
그 장면을 보면서 나도 죽음에 대해 생각한다.

삶을 돌아보니 십 년이 돌다리 하나처럼 느껴진다.
그리고 나는 지금 다섯 번째 돌다리를 지나
곧 여섯 번째로 발길을 옮기고 있다.

돌다리 사이사이 수많은 역경이 있었지만
고맙게도 큰 탈 없이 살아온 것 같다.
앞으로 몇 개의 돌다리를 더 건널지 모르지만
돌다리 끝에 다다를 때까지
행복과 어깨동무할 수 있다면 얼마나 좋겠는가.

산사에 있는 카페에서
익어가는 가을을 시원한 커피에 타서 마신다.
인생이란 커피 한잔을 마시는 찰나와 같다.
향기롭게 살다 가면 되지 않겠나.

부귀영화를 누린 삶이 아니더라도
행복을 충분히 누린 삶이었다면
이별이 슬프고 안타깝기는 하겠지만
편안한 마음으로 눈 감을 것 같다.

행복과 불행은 얼마나 높은 곳에 있느냐,

낮은 곳에 있느냐 하는 것으로 결정되지 않는다.

지금 어디로 향하고 있는가에 따라 결정된다.

- 새뮤얼 버틀러

구스타브 칼리보트, 「작은 보트」

제대로 봐야
온전히 보인다

밭에 가는 길,

거북이걸음으로 느리게 걸으며 주변을 둘러본다.

이름 모를 풀들이 호된 추위를 견뎌내고

파란 옷으로 갈아입었다.

죽은 줄 알았던 풀들이

다시 살아날 수 있는 이유는

풍성했던 줄기나 잎은 다 죽었어도

뿌리는 살아냈기 때문일 거다.

뿌리, 즉 근본이 살아 있으면

얼마든지 다시 시작할 수 있다.

어제 입양한 크로커스는

햇볕을 좋아한다 해서 해가 잘 드는 곳에 뒀다.

햇볕을 먹더니 맛있는지 환하게 웃는다.

크로커스의 꽃말은 '청춘의 환희'다.

깊이 보니 아름다움이 보인다.

꽃이든

사람이든

제대로 봐야 온전히 보인다.

무엇이 귀한지
이제야 알겠다

너를 만나면 삶의 무게도
순간 깃털처럼 가벼워지는구나.
너를 만나면 더 귀한 것이 무엇인지
깨달음을 얻는구나.

너를 만나면 나이 듦에 서글펐던
나를 다시 청춘으로 만들어주는구나.
너를 만나면 마음에 낀 불순물이
깨끗이 씻겨나가는 기분이 드는구나.

자연이란 너
봄이라는 너
너 때문에
일하던 엉덩이가 들썩거린다.

앙리 비바, 「고요한 물 위에 정박한 배」

행복과 추억도
다 때가 있는 법이다

황금연휴를 맞아
아이들과 제주도, 대구, 부산 등지로
여행을 떠난 친구들을 보고 있자니
뒤늦게 아쉬움이 몰려온다.

아이들이 어릴 땐 일에 빠져 있느라
아이들과 함께해준 시간이 많지 않았다.
오십 넘어 내가 여유가 생기기 시작하니
이젠 아이들이 성년이 되어 제 생활하기 바쁘다.

지나고 보니 아쉬운 것이 참 많다.
아이들이 어릴 때 더 많이 여행하며
함께 추억을 쌓지 못한 것.
공부 잘해라, 잘살아야 한다는 등

막연한 말은 많이 했지만
행복하게 사는 법을 알려주지 못한 것.

뒤늦게라도
부자로 사는 것보다 행복하게 사는 것이
더 가치 있음을 알려주고 있다.

아이들과 추억여행도 다 때가 있으니
바쁘다는 이유로 미루지 않기를.

행복은 소소한 것들이 모여 이루어진다.

사랑스러운 입맞춤, 미소, 다정한 눈길,

진심 어린 칭찬, 즐겁고 따스한 느낌 등

소소하고 금방 잊히는 것들이 행복을 만든다.

- 새뮤얼 테일러 콜리지

찰스 코트니 쿠란, 「고지에서」

애정하는 일을 하고
살았다면

"무명이 힘든 이유는 음악을 못 해서라기보다
음악을 못 하게 될까 봐예요."

무명가수들이 모여 경연을 펼치는 프로그램에
참가한 가수 이나겸의 말이다.
이 프로그램에 참가한 무명가수들의 공통점은
수많은 어려움에도 불구하고
자신의 일을 진심으로 사랑하고 있다는 것이다.

나는 여러 가지 일을 하고 있는데
그중에서 가장 아끼는 직업은 강사다.
강의하고 느끼는 짜릿함은 무엇과도 비교하지 못한다.
강단에 서 있을 때 희열을 느낀다.
사람마다 자신이 사랑하는 일이 있을 거다.

현실적인 어려움으로 사랑하지 않는 일을
꾸역꾸역하며 살아가는 사람도 많다.
나도 그런 세월을 오래 견디며 살았다.

용기가 부족해서
안정된 삶이 흔들릴까 봐 불안해서
고민하고 망설이기만 하다 세월은 다 지나가고
삶을 마무리할 때까지 아쉬움과 후회를 한다.

누구나 한평생 살고 떠나는데
자신이 사랑하는 일은 해보고 떠나야
아쉬움은 덜하지 않을까.
그래야 눈 감는 순간 '잘살았다' 하며 떠날 것 같다.

사랑이 주는
포만감

깊은 사랑에 빠지면

사랑만으로도 배불러 부족함을 느끼지 못한다.

값싼 음식도 값비싼 호텔 요리로 느껴지고,

단돈 천 원짜리 길거리표 선물도 감동적이다.

자동차가 없어 완행열차를 타고 여행을 해도

구름을 타고 다니는 기분이고

지갑이 얇아도, 집이 좁아도 마냥 행복하다.

당신은 이런 배부른 사랑을 해보았는가.

지금도 이런 사랑을 만끽하고 있는가.

사랑하자. 사랑받자.

로렌스 알마 타데마, 「더 이상 묻지 마세요」

누구도 부럽지 않은
부자가 되는 법

텃밭 일을 하다 보면
새삼스레 깨닫는 것이 있다.
과정 없는 결과는 없다는 것.

감자, 오이, 토마토, 사과 등
열매를 맺기 위해 먼저 꽃을 피운다.
텃밭에 핀 꽃마다 벌들이 정신없이
얼굴을 처박고 있다.

오디, 매실, 산딸기, 복숭아 등
더위는 열매를 튼실하게 키우고
닭들은 알을 낳고 병아리로 태어난다.

일 끝내고 잠시 산비탈에 있는 평상에 누워

눈으로는 꽃을

입으로는 커피를

코로는 신선한 산바람을 먹는다.

신선이 따로 없다.

눈코입을 스치는 모든 것이 행복이다.

소소한 것에서 행복을 찾으니

세상 누구도 부럽지 않은 부자가 되었다.

샤를 기유, 「얼음 호수」

행복은 현재와 관련되어 있다.
목적지에 닿아야 행복해지는 것이 아니라,
여행하는 과정에서 행복을 느끼기 때문이다.

- 앤드류 매튜스

번데기들에게
전하지 못한 응원

'번데기 프로젝트'라는 주제로 청년들이 퍼포먼스를 한다.

그들이 이 추위에 광화문광장에 누워

세상에 자신들의 메시지를 전하고 있다.

"꿈을 꾸라고 말하면서

정작 꿈을 말하면 현실을 보라 한다.

우리가 꿈을 꿀 수 있을 때는 잘 때밖에 없다.

그래서 우리는 번데기가 되었다."

잠을 자야 꿈을 꿀 수 있는 그들의 현실을

번데기로 표현해 해학적인 퍼포먼스를 진행한 것이다.

그들이 겪고 있는 고통을 생각하니

앞선 세대로서 미안함이 앞선다.

지금 세대들은 날개를 활짝 펴볼 기회조차 부족하다.

그래도 그들이 꿈을 잃어버리지 않길 바라본다.
나는 오십이 넘어서도
여전히 꿈을 버리지 못하고,
지금도 꿈을 꾸고 있다.

현실의 벽에 부딪혀 꿈을 접더라도
아무렇게나 내팽개치지 않고
고이 접어 가슴 속 깊이 고이 모셔두자.
그 꿈은 세월이 흘러도 자신을 요동치게 할 것이다.

번데기처럼 웅크려 있는 그들이
언젠가 나비가 되어 세상을 훨훨 날기를 바라며
전하지 못한 응원을 속으로 외쳐본다.

설렘이 있는 사람이
청춘이다

텃밭은 나에게 설렘이다.
일이 끝나고 여유가 있을 때면
득달같이 찾아가는 텃밭.
만나기 전날부터 얼마나 자랐을까 설렌다.
마치 연애 초기 같다.

주렁주렁 열려 있는 열매를 보고 있자면
너무도 자연스러운 것인데
너무도 기특하고 신기하다.
헤어질 때가 되면 벌써 보고 싶다.

텃밭을 만든 이후부터 나는
새로 생명을 틔우는 작물들처럼
마치 새로운 청춘을 시작하는 기분이다.

설렘이 사라진 마음은 죽은 고목과 같다.

설렘이 있는 사람이 청춘이다.

당신의 마음속에 지금 설렘이 없다면

당신을 두근거리게 할 설렘의 씨앗을 찾아보자.

꼭 필요할 때
꺼내 먹어야겠다

집에만 있기에 답답해서
북한강으로 콧바람 쐬러 나왔다.
인적이 없는 강가에 서서
확 트인 풍경과 강을 바라보니 가슴이 트인다.

겨울이라 푸르름은 없지만
그 나름의 맛이 있다.

콧구멍을 타고 들어온
청량한 산소를 듬뿍 담아
꼭 필요할 때 꺼내 먹어야겠다.

페카 할로넨, 「낚시하는 남자」

고드름처럼
맑은 시절

함박눈이 그치고 처마 밑에 맺힌
고드름을 따 먹었던 어릴 적 기억이 있다.
주둥이가 꽁꽁 얼어가도 끝까지 쪽쪽 빨아 먹었다.
그 시절 아이스크림은 처마 밑에 있었다.

하지만 이제는 물도 사 먹는 시대.
산성비로 만들어진 고드름은 함부로 먹을 수 없다.
인간이 저지른 잘못으로 인해
이제 눈도 새하얀 순수함 속에 칼날이 서 있다.

고드름을 따 먹었던 그 시절,
공부해야 한다는 부담만 어쩌다 한 번 들었지,
세상 걱정 하나 없었다.
그때보다 먹고살기는 더 좋아졌는데

내 삶은 왜 이리 불안하고 갈증이 나는 걸까.

그때보다 속도는 빨라졌는데

내 시간은 왜 이리 부족하고 숨 가쁜 걸까.

밤하늘의 별 하나가

내 마음을 다독여주고 싶었던 모양이다.

고드름처럼 맑은 별 하나가

반짝반짝 인사를 건넨다.

빅터 가브리엘 길버트, 「고양이와 소녀」

행복에 이르는 유일한 길은

자신의 의지로도 어쩔 수 없는 것들에 대한

걱정을 그만두는 것이다.

- 에픽테토스

아버지의 취미는
오직 낚시밖에 없었다

휴가 동안 이른 아침마다 운동을 했다.

오늘은 휴가 마지막 날.

일할 때의 생체리듬으로 전환하려

좀 더 일찍 일어나 운동을 시작했다.

평소처럼 일찍부터 어르신들이

운동 삼매경에 빠져 있다.

어르신들이 열심히 운동하시는 모습을 볼 때면

우리 아버지도 저렇게 열심히 운동했으면

건강하게 더 오래 사셨을 텐데 하며 아쉽다.

당신의 취미는 오로지 낚시밖에 없었고,

따로 운동하는 모습은 본 적이 없었다.

몇 년 전부터 일 년에 한 번 종합검진을 받고 있다.

특별히 안 좋은 곳은 없어도
해가 갈수록 기준치를 넘어가는 항목이 늘어난다.
개그맨 박명수가 한 말이 기억이 난다.

"아프니까 청춘이고, 결리니까 중년이군요."

그렇다. 연식이 오래되니 갈수록 잔고장이 나기 시작한다.
그렇다고 새 차로 바꿀 수도 없으니 어쩌겠나.
고쳐 써야지.

오래 살기보다는 건강하게 살고 싶어
오랜 기간 꾸준히 운동을 해왔다.
골골거리며 몇십 년 살고 싶지 않으면
건강은 늦지 않게 챙기자.

느리게 걸으면
보이는 행복이 있다

느리게 길을 걷다 보면
평소에 무심히 스쳤던 작은 들꽃마저
세심히 눈에 들어온다.
풀 속에 숨어 있던 작은 꽃이
이렇게 아름다운 줄 이제야 느꼈다.

삶도 그렇다.
분주하게 달리다가도
때론 느리게 더 느리게 팔방을 돌아보자.
그래야 세상을 세심히 느끼게 된다.
그래야 스치고 지나쳐버린 소중한 것들을
다시 눈에 담을 수 있다.

자신에게 느린 쉼을 선물해보자.

호아킨 소로야, 「해변을 따라 산책하기」

여전히 세상에
필요한 존재라는 감각

어느 날 텔레비전을 보는데
한과를 만드는 마을기업이 소개되고 있었다.
그곳의 모든 직원은 나이 지긋한 할머니였다.
일하는 내내 무엇이 그리 즐거운지
하하호호 웃음이 떠나지 않았고
왁자지껄 수다가 끊이지 않았다.

할머니 직원 대부분은 직장 생활이 처음이란다.
직장에서 불러주는 자신의 이름,
자신의 이름으로 된 월급통장에서
무한한 보람과 기쁨을 느낀다.

출근하는 직장인의 모습은 대개
피로에 사무쳐 지친 얼굴 일색이지만

출근하는 할머니들의 모습은
수학여행 가는 학생들처럼 즐겁기만 하다.

이 세상에서 자신이 필요한 존재라는 것을
느끼며 살아가는 것이 얼마나 중요한지
할머니들의 함박웃음에서 느낀다.

정신이 냉소의 눈에 덮이고

비탄의 얼음에 갇힐 때

그대는 스무 살이라도 늙은이가 되네.

그러나 머리를 높이 들고 희망의 물결을 붙잡는 한,

그대는 여든 살이어도 늘 푸른 청춘이네.

- 새뮤얼 울만

칼 라르손, 「자화상」

지금이
인생의 전부다

남에게 보여주기 위한 삶이 아닌
내가 원하는 삶을 살아간다는 것,
이것이 행복이다.

삶은 선택의 연속이다.
선택을 통해 잃는 것도 있지만
얻는 것 또한 있다.

잃은 것에 연연하지 않고
얻은 것에 감사하는 마음을 갖는다면
그 속에서 행복을 만들어 갈 수 있다.
발발거리며 뛰어 다니는 일상조차
내게는 행복으로 느껴지니 이 또한 감사한 일이다.

미래의 행복을 위해, 남의 만족을 위해
소중한 지금 이 순간을 희생시키는
바보 같은 삶은 이제 그만두자.

타자의 욕망에 충족하기 위해서
내 행복을 저당 잡히지 말고
당분간은 나를 위해, 지금 이 순간을 위해 살자.
이기적일진 모르지만 내가 전부이고
즉흥적일진 모르지만 지금이 전부이다.

인생은 짧은 이야기와 같다.

중요한 것은 그 길이가 아니라 가치다.

- 세네카

카를 홀소, 「감상」

작가명, 작품명, 제작 연대, 크기(높이x너비, 센티미터 기준) 순
으로 정리했습니다.

1장

17p, 카스파르 다비트 프리드리히, 「안개 바다 위의 방랑자Wanderer above the sea of fog」, 1818, 95x75

21p, 페데르 세베린 크뢰위에르, 「수영하는 소년Bathing boy」, 1892, 32.5x22.5

27p, 호아킨 소로야, 「수영선수 자베아Swimmers, Jávea」, 1905

31p, 메리 보 월콧, 「발삼뿌리Balsamroot」, 1925

35p, 알베르트 앵커, 「건초 속의 잠자는 소년Schlafender Knabe im Heu」, 1897, 55x71

39p, 에드워드 헨리 포타스트, 「해변에서At the Beach」, 1918, 61x76.

42p, 카스파르 다비트 프리드리히, 「산속의 아침Morning in the Mountains」, 1823, 135x170

47p, 앙리 비바, 「강La Rivère」, 61.5x50.5

51p, 악셀리 갈렌칼렐라, 「호수 전경Lake View」, 1901, 84x57

56p, 테오도르 프레레, 「나일 강의 일몰Sunset on the Nile」, 1877, 12.7x17.2

그대 늙어가는 것이 아니라
익어가는 것이다

초판 1쇄 발행 2022년 12월 21일
초판 15쇄 발행 2025년 2월 28일

지은이 오평선
펴낸이 김선준

편집이사 서선행
기획편집 이주영 **편집1팀** 임나리, 천혜진
디자인 김세민
마케팅팀 권두리, 이진규, 신동빈
홍보팀 조아란, 장태수, 이은정, 권희, 박미정, 조문정, 이건희, 박지훈, 송수연
경영관리팀 송현주, 권송이, 윤이경, 정수연

펴낸곳 (주)콘텐츠그룹 포레스트 **출판등록** 2021년 4월 16일 제2021-000079호
주소 서울시 영등포구 여의대로 108 파크원타워1 28층
전화 02) 332-5855 **팩스** 070) 4170-4865
홈페이지 www.forestbooks.co.kr
종이 (주)월드페이퍼 **인쇄** 더블비 **제본** 책공감

ISBN 979-11-92625-18-8   03810

㈜콘텐츠그룹 포레스트는 독자 여러분의 책에 관한 아이디어와 원고 투고를 기다리고 있습니다. 책 출간을 원하시는 분은 이메일 writer@forestbooks.co.kr로 간단한 개요와 취지, 연락처 등을 보내주세요. '독자의 꿈이 이뤄지는 숲, 포레스트'에서 작가의 꿈을 이루세요.